الصّديقان

تأليف: صفاء عـزمي

رسوم: أفـق كوبـاس

أخَذَ راشِدٌ وسَيْفٌ يَصيحان: ناصي... ناصي... هُوَ البَطَلُ!
أَسرِعْ... أَسرِعْ!
لَمْ يَلْتَفِتْ ناصي، وأخَذَ يَركُضُ بحَماسٍ وثِقَةٍ.

ارْتَفَعَ صَوْتُ المُذيعِ قائِلاً: ناصي... ناصي اقْتَرَبَ مِنْ خَطِّ النِّهايَةِ.. هُنـاكَ مُنافَسَةٌ شَديدَةٌ. مَجدٌ يَقْتَرِبُ.. يَقْتَرِبُ.. يُحـاوِلُ أَنْ يَلْحَقَ بناصي. ناصي يُسْرِعُ... يُسْرِعُ.... يُسْرِعُ.... مَـبرووووك!
وصاح المذيعُ: ناصي هُوَ البَطَلُ!

عانَقَ سَيْفٌ صَديقَهُ راشِـدًا: النّاموس... النّاموس!! (فُزْنا... فُزْنا!!)
كانَ الاحْتِفالُ بالفَوْزِ جَميلاً ومَهيباً...رَبِحَ والِدُ راشِدٍ سَيارَةَ دَفعٍ رُباعيٍّ بَيْضاءَ. وراحَ سَيْفٌ وراشِدٌ يَحْتَفِلانِ بطَريقَتِهـما الخاصَّةِ؛ ويَلْعَبانِ اليولا.

© واحة الحكايات للنشر والتوزيع
الإمارات العربية المتحدة
Wahat Alhekayat Publishing
and Distribution
دبي - واحة السليكون
Dubai Silicon Oasis - UAE
0097143336366
00971504599804
00971558236687
Email : info@wahatalhekayat.com
www.wahatalhekayat.com
www.wahatalhekayat.academy
الصديقان
تأليف: صفاء عزمي
رسوم: أفق كوباس
ISBN: 9789948368601
إذن الطباعة
MC-10-01-0145426

فِي المَسَاءِ، وفِي بَيْتِ الجَدِّ سالِمٍ؛ جَلَسَ الجَمِيعُ يَحْتَفِلونَ بِفَوْزِ ناصي.

قالَ الجَدُّ سالِمٌ: بارَكَ اللهُ فيكَ يا حامِد، لَقَدْ أَحْسَنْتَ رِعايَةَ ناصي وتَدْريبَه، فَهُوَ مِنْ سُلالَةٍ عَرَبِيَّةٍ أَصيلَةٍ.

قالَ راشِدٌ: هَلْ رَكِبْتَ جَمَلاً مِنْ قَبْلُ يا عَمِّي؟

ها ها ها ها... ضَحِكَ الجَدُّ ثُمَّ تابَعَ: لَقَدْ رَكِبْتُ «جَبّارًا». هَلْ تَعْرِفونَ مَنْ هُوَ؟ كانَ جَمَلاً أَصيلاً مِنْ أَجْوَدِ سُلالاتِ الجِمالِ في جَزيرَةِ العَرَبِ!

سَأَلَ جاسِمٌ والِدَهُ: وكَيْفَ رَكِبْتَهُ يا أبي؟

أَذْكُرُ ذاكَ اليَوْمَ كَأَنَّهُ أَمْسِ.. كانَ يَوْمُ عُرْسِ أُخْتي اليازية وشارَكَ الفَريجُ كُلُّهُ في هَذا الحَفْلِ، وكانَ السِّباقُ جُزْءًا مِنَ الاحْتِفالاتِ التي تُجْرى أَثْناءَ الأَعْراسِ. رَكِبْتُ الجَمَلَ «جَبّارًا» ورَكِبَ أَخي النّاقَةَ «الطّيارَةَ» وشارَكْنا في السِّباقِ... فُزْتُ في سِباقِ الزمول «الجِمالِ الكَبيرَةِ»، وفازَ أخي في سِباقِ الحَول «النوقِ الكَبيرَةِ».

قالَ سَيْفٌ: ولِماذا سُمِّيَتِ الطيارَةُ بِهَذا الاسْمِ يا جَدي؟

وقالَ راشِدٌ: ولِماذا سُمِّيَ جَبارُ بِهَذا الاسْمِ؟

قالَ الجَدُّ: مَهْلاً يا عِيالي... سَوْفَ أُخْبِرُكُمْ...

أَخَذَ الْجَدُّ نَفَساً عَميقاً ثُمَّ اعْتَدَلَ في جِلْسَتِهِ ورَشَفَ قَليلاً مِنَ الْقَهْوَةِ وأضافَ: كانَتِ «الطيّارَةُ» تَرْكُضُ وكأنّها تُسابِقُ الرّيحَ، ولِذَلِكَ سُمِّيَتِ الطيّارَةُ...

أما جَبّارٌ فَكانَ يَبْذُلُ مَجهودًا جَبّارًا في السّباقاتِ، كانَ يَعْرِفُ مَتى يُسْرِعُ ومَتى يَبْذُلُ أَقْصى مَجْهودٍ، وهُوَ لَمْ يُهْزَمْ في سِباقٍ قَطُّ، ولِذَلِكَ سُمِّيَ «جَبّار».

سَأَلَ سَيْفٌ: وماذا كانَتِ الجائزَةُ يا جَدّي؟

الجائزَةُ كانَتْ غُتْرَةً... ضَحِكَ الصِّغارُ مُتَعَجِّبينَ: غُتْرَة؟!

ابْتَسَمَ الْجَدُّ وقالَ: نَعَم يا أحبابي غُتْرَةٌ لي وإزارٌ لِأخي رَحِمَهُ اللهُ! ثُمَّ ابْتَسَمَ وكَرَّرَ بِبُطْءٍ: نَعَم... نَعَم... غُتْرَةٌ ... وإزارٌ...

كانَتِ الْحَياةُ أيّامَنا سَهْلَةً، والأشْياءُ بَسيطَةً، ولكنّا كُنّا نَسْعَدُ بِها أيّما سَعادَةٍ..

قالَ راشِدٌ: هَلْ أَسْتَطيعُ أَنْ أرى الغُتْرَةَ يا جَدي؟ أَيْنَ هِيَ؟

الغُتْرَةَ راحَتْ وراحَتْ أيّامُها.. يا لَيْتَ الشّبابَ يَعودُ.

كُنْتُ فَخوراً بِها، ولَقَدْ لَبِسْتُها حَتّى بَلَتْ وذَهَبَ لَوْنُها.

ضَحِكَتِ الجَدَّةُ وقالَتْ: مَهْلاً مَهْلاً، عِنْدَ الجَدَّةِ عُشْبَةَ لا شَيْءَ يَضيعُ... ثُمَّ فَتَحَتْ صُنْدوقَها الخَشَبِيَّ بِحِرْصٍ شَديدٍ، وأَخْرَجَتْ مِنْهُ مَجموعَةً مِنَ الأعْشابِ الجافَّةِ، ووضَعَتْها

جانِباً، ثُمَّ أخْرَجَتْ غُتْرَةً قَديمَةً باليَةً مُعَطَّرَةً بِبُخورِ العودِ والزَّعْفَرانِ.

اهْتَزَّ الجَدُّ فَرَحًا واغْرَوْرَقَتْ عَيْناهُ بِالدُّموعِ وهُوَ يَشُمُّ الغُتْرَةَ ويُغْمِضُ عَيْنَيْهِ، ويقول: (ليْتَ الشَّبابَ يعودُ).

سَألَ راشِدٌ: ما هَذِهِ الأعْشابُ يا جَدَّتي؟

ظَهَرَتِ الجِدِّيَّةُ في وَجْهِ الجَدَّةِ العَجوزِ وقالَتْ: كُنْتُ أدورُ في الشِّعابِ والتِّلالِ، أبْحَثُ بَيْنَ التُّرْبَةِ والرِّمالِ، عَنْ أعْشابٍ تُعالِجُ البَشَرَ والجِمالَ. كُنْتُ أشُمُّها وأطْحَنُها وأُعَبِّئُها في زُجاجاتٍ.

قالَ سَيْفٌ: كُنْتِ طَبيبَةَ أعْشابٍ يا جَدَّتي، ولِذَلِكَ سَمّوكِ عشْبَةَ.

نَعَم كانوا يَدْعونَني الحَكيمَةَ عشْبَةَ. لَمْ يَكُنْ لَدَيْنا مُسْتَشْفَياتٌ أوْ أطِبّاءُ، وكُنّا نَعْتَمِدُ على الطَّبيعَةِ والأعْشابِ.

قالَ سَيْفٌ لأبيهِ: لِماذا يا أبي لا يَكونُ عِنْدَنا جَمَلٌ نُشارِكُ بِهِ في السِّباقاتِ!؟

ابْتَسَمَ الأبُ قائِلاً: عِنْدَما كُنْتُ صَغيراً مِثْلَكَ كُنْتُ أُحِبُّ سِباقَ الجِمالِ، ولَكِنَّ الفَتْرَةَ التي قَضَيْتُها في الدِّراسَةِ خارِجَ البِلادِ جَعَلَتْني أنْسى هَذِهِ الفِكْرَةَ.

ثُمَّ اعْتَدَلَ في جِلْسَتِهِ وأضافَ: ولَكِنَّ صَديقي حامِد (أبو راشِدٍ) دَرَسَ هُنا في البِلادِ، فَكانَ مِنَ السَّهْلِ عَلَيْهِ مُتابَعَةُ

هُوَايَتِهِ ورِعايَةِ الجِمالِ، حَتّى أصْبَحَتْ عِنْدَهُ فِكْرَةٌ جَيِّدَةٌ عَنِ (التَّضْميرِ) والتَّدْريبِ وعَنِ السُّلالاتِ الأصيلَةِ.

قالَ الجَدُّ مُخاطِباً ابْنَهُ جاسِمًا: سَيْفٌ مَعَهُ حَقٌّ يا جاسِمُ، إنَّها رِياضَةٌ جَميلَةٌ، ومِنَ المُهِمِّ أنْ نُحافِظَ على تُراثِ الآباءِ والأجْدادِ، يَجِبُ أنْ تُشَجِّعَ سَيْفًا وتُشارِكَهُ الاهْتِمامَ.
قالَ الأبُ: سَأُفَكِّرُ في الأمرِ.
ابْتَسَمَ سَيْفٌ وهُوَ يَغْمِزُ بِعَيْنَيْهِ لِجَدِّهِ سَعيدًا بِأنَّ والِدَهُ قَدْ بَدَأَ يُفَكِّرُ في الأمْرِ جَدِّيّا.

زارَ سَيْفٌ وجَدُّهُ وأبوهُ مَرْكَزًا مُتَخَصِّصًا في إنْتاجِ السُّلالاتِ المُتَمَيِّزَةِ مِنَ الجِمالِ، وأثْناءَ جَوْلَتِهِمْ في المَرْكَزِ تَعَرَّفوا على الخَدَماتِ الطِّبِّيَّةِ، وكَذَلِكَ على الرِّعايَةِ والتَّدْريبِ والخَدَماتِ التي يُقَدِّمُها المَرْكَزُ. تَوَقَّفَتِ السَّيارَةُ أمامَ فَطيمٍ (جَمَلٌ عُمْرُهُ سَنَةٌ).

قالَ الأبُ: هَذا جَمَلٌ جَيِّدٌ! يُمْكِنُنا أنْ نُرَبِّيَهُ ونُدَرِّبَهُ حَتى يُصْبِحَ جَمَلَ سِباقٍ.
أخَذَتْ أُمُّ الجَمَلِ تَدورُ حَوْلَ صَغيرِها بِسُرْعَةٍ في دَوائِرَ مُتَتالِيَةٍ وهِيَ تَنْظُرُ إلَيْهِ. نَظَرَ سَيْفٌ إلَيْهِ بِتَرَدُّدٍ وقالَ: إنَّهُ يَبْدو صَغيراً ولا أُحِبُّ أنْ أُبْعِدَهُ عَنْ أُمِّهِ. ثُمَّ راحَ يَمْشي

ويَتَطَلَّـعُ في المكانِ حَتّى وَجَدَ كُثْبانا مِـنَ الرَّمْـلِ، فَتَسَلَّقَها وراحَ يَنْظُـرُ إلى الأُفُـقِ.
شـاهَدَ سَيْفٌ جَمَـلاً صَغيرًا يَتَدَرَّبُ ويَجري بِرَشاقَةٍ، أَخَـذَ سَيْفٌ يَقْفِـزُ ويَصيـحُ حتّى لَفَتَ انْتِباهَ الجَمَلِ. أَخَـذَ الجَمَلُ يَجْـري بِسُرْعَـةٍ، كانَ صَغيـرًا ولَكِنَّـهُ يَبْدو قَويًّا ونَشيطًا. نَزَلَ سَيْفٌ مِنْ على العُرْقوبِ (التَّلَّةِ) وهُوَ يقولُ:
وَجَدْتُهُ.. وجَدْتُهُ! وأشارَ إلى مَكانِ الجَمَلِ.

قالَ راعـي الإبِلِ: هَـذا الشِّبْلُ مِنْ ذاكَ الأَسَدِ، وهذا الحَفيـدُ مِـنْ ذاكَ الجَـدِّ! لَقَـدْ رَكِبَ جُدودُكَ (جَبّـارًا) و(الطَّيّـارَةَ)، وأَنْـتَ اخْـتَرْتَ جَمَـلاً مِـنْ سُلالَةِ (جَبّارٍ) و(الطَّيّـارَةِ).
ثم راح يردد أبيات الشعر النبطي:
(جبّار من جابه طَويلين الأعمار
هاذي سلالة مخصّصة لِلسّلاطين)

قالَ سَيْفٌ فَرِحًا: هُوَ مِنْ سُلالَةِ جَبّار والطَّيّارَةِ؟!
سَأَلَ الجَدُّ مُتَلَهِّفاً: هَلْ هُوَ لِلبَيْعِ؟ وكَمْ عُمْرُهُ؟
قـالَ الرّاعـي: نَعَـم هُـوَ لِلبَيْـعِ، وعُمْـرُهُ عامـانِ ونِصْفٌ، ورُبَّما يَحْتـاجُ سِتَّةَ أشْهُرٍ أُخْرى كَيْ يَكونَ جاهِـزًا لِيُشارِكَ في السِّـباقاتِ.
كانَ سَيْفٌ يُتابِعُ (مِشْغِلًا) ويَرْعاهُ بِكُلِّ حُبٍّ واهْتِمامٍ.

كانَ دائِماً ما يَسْأَلُ المُخْتَصّينَ في تَرْبِيَةِ الجِمالِ، كَما كانَ يَسْتَشيرُ جَدَّهُ ويَقْرَأُ في الإنْتَرْنِتْ عَنْ طِباعِ الجِمالِ، ويَبْحَثُ عَنْ طُرُقِ رِعايَتِهِمْ.

مَرَّتِ الأيّامُ مُسْرِعَةً، وسَيْفٌ يُتابِعُ تَدْريبَ مِشْغِلٍ، وفي أوَّلِ سِباقٍ لـه حَصَلَ مِشْغِلٌ على المَرْكَزِ قَبْلَ الأخيرِ. حَزِنَ سَيْفٌ كَثيرًا وقالَ لَهُ أبوهُ: هَذِهِ بِدايَةٌ جَيِّدَةٌ.. يَجِبُ أنْ يُواصِلَ مِشْغِلٌ تَدْريبَهُ.

اقْتَرَبَ مَوْعِدُ السِّباقِ التّالي، وكانَ الجَمَلُ يَتَدَرَّبُ ويَتَدَرَّبُ لَيْلاً ونَهارًا حَتى أُصيبَ بالإرْهاقِ نَتيجَةَ الضَّغْطِ عَلَيه. أخَذَ سَيْفٌ وأبوهُ الجَمَلَ إلى المَرْكَزِ للعِلاجِ، وقالَ الأطِبّاءُ إنَّ الجَمَلَ يَحْتاجُ لِعلاجِ العَضَلاتِ وللراحَةِ، ثُمَّ تَبْدَؤونَ تَدْريبَهُ مُجَدَّدًا، ولَكِنْ بِتَدَرُّجٍ.

أحَسَّ سَيْفٌ بالحُزْنِ، وتَوَقَّفَ عَنِ الذَّهابِ إلى السِّباقاتِ! أحَسَّ الأبُ بِشُعورِ سَيْفٍ فَقالَ لَهُ: أيْ بُنَيَّ، إنَّ الحَيَوانَ مِثْلُ الإنْسانِ؛ لَهُ طاقَةٌ مَحْدودَةٌ، ويَجِبُ أنْ يَكونَ كُلُّ شَيْءٍ تَدْريجِيًّا.

واصَلَ سَيْفٌ ووالِدُهُ رعايَةَ الجَمَلِ وتَدْريبَهُ طِبْقًا لِجَدْوَلٍ زَمَنِيٍّ، وتَدْريبٍ بَدَنِيٍّ مَدْروسٍ، وتَحْتَ رعايَةٍ بَيْطريَّةٍ.

جاءَ مَوْعِدُ السِّباقِ التّالي! كانَ سَيْفٌ مُتَحَمِّسًا سَعيدًا، فمِشْغِلٌ يَبْدو رَشيقًا ونَشيطًا، وفي أحْسَنِ حالاتِهِ.

بَدَأَ السِّباقُ... كانَ سَيْفٌ يَجلِسُ بِجوارِ والِدِهِ جاسِمٍ في السَّيارَةِ، وراشِدٌ بِجوارِ والِدِهِ حامِد، كانَ سَيْفٌ وأبوهُ جاسِمٌ يُشَجِّعانِ مِشْغِلاً، وراشِدٌ وأبوهُ حامِد يُشَجِّعانِ ناصي.

ولأوَّلِ مَرَّةٍ لَمْ يَجْتَمِعِ الصَّديقانِ عَلى تَشْجيعِ جَمَلٍ واحِدٍ، ولأوَّلِ مَرَّةٍ لَمْ يَرْكَبِ الأصْدِقاءَ مَعًا! كانَتِ المنافَسَةُ شَديدَةً وكلُّ فَريقٍ يُشَجِّعُ الجَمَلَ الخاصَّ بِهِ. ارْتَفَعَ صَوْتُ المذيعِ وتَعالى صَوْتُ هَديرِ السَّيارات. كانَتِ الشَّمْسُ تَبْدو وتَخْتَفي خَلْفَ السُّحُبِ كأنَّها تَتوقُ لِمشاهَدَةِ السِّباقِ مَعَ الجُمْهورِ.

ارْتَفَعَ صَوْتُ أقْدامِ الجِمالِ وهِيَ تَدُقُّ الأرْضَ بِقُوَّةٍ مُثيرَةً الأتْرِبَةَ مِنْ تَحْتِ أقْدامِها، وارْتَفَعَ هَديرُ السَّياراتِ وصَوْتُ التَّشْجيعِ.

كانَ مِشْغِلٌ مُتَأخِّرًا، ولكِنَّ تَشْجيعَ سَيْفٍ وأبيهِ لَهُ كانَ يُحَمِّسُهُ، وراحَ يَتَقَدَّمُ ويَتَقَدَّمُ، حتّى اقْتَرَبَ مِنْ ناصي.

ولكِنَّ الجَمَلَ الصَّغيرَ لَمْ يَسْتَطِعْ أَنْ يُجارِيَ ناصي ذا الخِبْرَةِ الطَّويلَةِ. اسْتَجْمَعَ ناصي قُوَّتَهُ في اللحَظاتِ الأخيرةِ وتَقَدَّمَ عَلى الجَميعِ بِفارِقٍ كَبيرٍ.

فازَ ناصي بِالمَرْكَزِ الأوَّلِ، وحَصَلَ مِشْغِلٌ عَلى المَرْكَزِ الثّالِثِ.
فَرِحَ راشِدٌ فَرَحًا شَديدًا، وأحْضَرَ العِصيَّ ونادَى على سَيْفٍ كَيْ يَلْعبا اليولا مَعًا كعادَتِهما، ولكِنْ سَيْفٌ رَمى العَصا بَعيدًا وصَرَخَ في وَجْهِهِ: لا أُريدُ أنْ أَحْتَفِلَ مَعَكَ... ابْتَعِدْ عَنّي!
وَقَفَ راشِدٌ مَذهولاً مِنْ تَصَرُّفِ سَيْفٍ! ولكِنّه تجاهَلَ كَلِماتِ صَديقِهِ القاسِيَةَ وقالَ لَهُ بِمَوَدَّةٍ: هَيا نَعودُ إلى السَّيارَةِ!

ابْتَعَدَ سَيْفٌ وهُوَ يَقولُ لَهُ: اذْهَبْ وَحْدَكَ، وسَأعودُ إلى البَيْتِ وَحْدي!
ابْتَعَدَ سَيْفٌ، وأخَذَ يَمْشي مُطْرِقَ الرَّأْسِ وحيدًا حَزينًا ويائِسًا...
بَعْدَ العَصْرِ ذَهَبَ راشِدٌ إلى بَيْتِ سَيْفٍ لِكَيْ يَطْمَئِنَّ عَلَيْهِ، فَقالَ لَهُ الأبُ بِلَهْفَةٍ: أَلَيْسَ سَيْفٌ مَعَكَ؟
أحَسَّ راشِدٌ بِالتَّوَتُّرِ وأخَذَتِ الكَلِماتُ تَتَعَثَّرُ في فَمِهِ وهُوَ يَقولُ: لا يا عَمّي، لَقَدْ قالَ إنَّهُ سَيَعودُ وَحْدَهُ، وظَنِنْتُ أنَّهُ قَدْ عادَ مَعَك.

19

قالَ جاسِمٌ: ولكِنَّهُ دائِماً يَعودُ مَعكُمْ بَعْدَ كُلِّ سِباقٍ!!؟

قـالَ راشِـدٌ: هَـذا صَحيـحٌ، ولكِنَّـهُ كانَ غاضِبًـا جِـدًّا بَعْـدَ أنْ خَسِـرَ مِشغِلُ السِّباقَ، حَتّى إنَّـهُ رَفَضَ أنْ يَلْعَبَ مَعي (اليولا) كَما تَعَوَّدْنا، وقَدْ حاوَلْتُ أنْ أتَّصِلَ بِهِ ولكِنَّهُ أغْلَقَ هاتِفَهُ المَحْمولَ! وقَدْ جِئْتُ لِكَيْ أطْمَئِنَّ عَلَيْهِ.

قالَ الأبُ: هَيا بِنا لِنَبْحَثَ عَنْهُ!

رَكِبَ الجَميـعُ سَيـاراتِ الدَّفْـعِ الرُّباعِـيِّ وتَوَجَّهـوا ناحِيَـةَ مَيْـدانِ السِّبـاقِ. كانَتِ الشَّمْسُ الحَمْـراءُ المُشْبَعَةُ بالبُرْتُقالي تَبْـدو كَكُـرَةٍ مُلْتَهِبَـةٍ تَغـوصُ في بَحْـرٍ مِـنَ الرِّمـالِ. أمْسَـكَ حامِـد (أبو راشِدٍ) بِمَيْكُروفون، وأمْسَكَ جاسِمٌ (أبو سيف) بِمَيْكُروفون، وأخَـذَ كُلٌّ مِنْهما طَريقًـا للبَحْـثِ. نَظَـرَ راشِـدٌ إلى ناصي فَوَجَـدَهُ يُصْدِرُ أصواتًا تُعَبِّرُ عَنِ اللَّهْفَةِ، كَأنَّهُ يُريـدُ أنْ يَقـولَ شَيْئًا!

قالَ راشِدٌ لأبيهِ: دَعْني أنزِلُ هُنا يا أبي، سَأبْحَثُ عَنْهُ!

نَزَلَ راشِدٌ، وأسْرَعَ الأبُ يَبْحَثُ.

اقْتَرَبَ راشِدٌ مِنَ ناصي، فَمالَ على رُكْبَتَيْهِ وبَرَكَ على الأرْضِ كَأنَّـهُ يَدْعو راشِـدًا للرُّكـوبِ فَوْقَـهُ. اسْتَجابَ راشِـدٌ ورَكِبَ فَـوْقَ نـاصي. أخَـذَ ناصي يَمْشي تُجاهَ غُروبِ الشَّمْسِ، وبَـدَأَ الظلامُ يَحُـلُّ رُوَيْـدًا رُوَيْـدًا.. والجَمَـلُ يُسْرِعُ ويُسْرِعُ!

تَوَقَّفَ الجَمَلُ فَجْأَةً، ومالَ ناحِيَةَ الأرْضِ ثُمَّ بَرَكَ. نَزَلَ راشِدٌ وراحَ يَصيحُ: سَيْفُ... سَيْفُ..... أيْنَ أنْتَ؟

سَمِعَ راشِدٌ صَوْتاً ضَعيفاً بَيْنَ الرِّمالِ: أنا هُنا... أنا هُنا!

ساعَدَ راشِدٌ صَديقَهُ حَتى رَكِبَ الجَمَلَ، وانْطَلَقا عائِدَيْنِ.

وفي طَريقِ العَوْدَةِ قالَ سَيْفٌ: لَقَدْ هَبَّتْ عاصِفَةٌ رَمْليَّةٌ ولَمْ أعُدْ أسْتَطيعُ أنْ أرى ما حَوْلي، فَأغْمَضْتُ عَيْني، وبَقيتُ في مَكاني ساكِناً حتى تَزولَ العاصِفَةُ. ولما فَتَحْتُ عَيْني وَجَدْتُ الأُفُقَ رَماديًّا، وقَدْ تَشابَهَتِ الأشْياءُ مِنْ حَوْلي. لَقَدْ كِدْتُ أهْلِكُ وَسْطَ رِمالِ الصَّحَراءِ. ثُمَّ سَأَلَ مُتَعَجِّبًا: ولكِنْ كَيْفَ عَرَفْتَ مَكاني؟

قالَ راشِدٌ: أنا لَمْ أعْرِفْ مَكانَكَ.. إنَّهُ ناصي.

انْتَشَرَ الخَبَرُ سَريعًا بالعُثورِ عَلى سَيْفٍ! وعَمَّتِ الفَرْحَةُ أرْجاءَ الفَريجِ (الحَيِّ)!

أعَدَّ الجَدُّ سالِمٌ عَزيمَةً (وَليمَةً) لأهْلِ الفَريجِ؛ شُكْرًا للهِ عَلى نَجاةِ سَيْفٍ مِنَ التَّهْلُكَةِ في رِمالِ الصَّحَراءِ. كانَ ناصي حَديثَ الجَميعِ.. كَيْفَ عَرَفَ مَكانَ سَيْفٍ؟

قالَتْ أُمُّ راشِدٍ مُبْتَسِمَةً: إنَّها الرائِحَةُ.

نَظَرَ الجَميعُ إلَيْها بِتَعَجُّبٍ، فَأضافَتْ: نَعَم الرائِحَةُ.. ولكِنَّي لا أسْتَطيعُ أنْ أُخْبِرَكُمْ.. إنَّهُ سِرٌّ.

24

قالَتْ أُمُّ سَيْفٍ بِتَعَجُّبٍ: سِرٌّ؟! ما هَذا السِّرُّ؟

قالَتْ أُمُّ راشِدٍ: أنا وَعَدْتُ سَيْفًا ألَّا أُخْبِرَكُمْ.

ابْتَسَمَ سَيْفٌ بِخَجَلٍ وقالَ: تَسْتَطيعينَ أَنْ تُخْبِريهِمْ يا خالَتي.

قالَتْ أُمُّ راشِدٍ: لَقَدْ كانَ سَيْفٌ يَبيتُ عِنْدنا في العِزْبَةِ، وفي أَحَدِ الأيّامِ وكانَتِ اللّيْلَةُ شَديدَةَ البُرودَةِ، تَسَلَّلَ سَيْفٌ خارِجاً يَحْمِلُ لِحافَهُ، وذَهَبَ حَيْثُ يَبيتُ ناصي وغَطّاهُ بِلِحافِهِ، وعادَ وهُوَ يَرْتَجِفُ مِنَ البَرْدِ.

كُنْتُ قَدْ أَغْلَقْتُ البابَ الخارِجِيَّ وسَمِعْتُ دَقًّا خَفيفًا؛ فَفَتَحْتُ البابَ، ووَجَدْتُ سَيْفاً وهُوَ خائِفٌ يَرْتَعِشُ، فَقُمْتُ بِإِعْدادِ حَليبِ البوشِ (حَليبِ النّوقِ) لَهُ، وعِنْدَما أَحَسَّ بِالدِّفْءِ أَخْبَرَني بِما فَعَلَ، وطَلَبَ مِنّي ألا أُخْبِرَ أَحَدًا.

قُلْتُ لَهُ: ولِماذا لا أُخْبِرُ أَحَدًا؟ إنَّ ما فَعَلْتَهُ عَمَلٌ يَدُلُّ عَلى الرَّحْمَةِ والعَطْفِ الذي في قَلْبِكَ، ولَكِنَّهُ أَصَرَّ... وأنا قَدِ احْتَرَمْتُ رَغْبَتَهُ.

ابْتَسَمَتْ أُمُّ سَيْفٍ وقالَتْ: إذَنْ هِيَ رائِحَةُ سَيْفٍ التي مَيَّزَها ناصي.

قالَ أبو سَيْفٍ: يا لَهُ مِنْ جَمَلٍ وَفِيٍّ.

مَدَّتْ أُمُّ سَيْفٍ يَدَها، وَرَبَّتَتْ على يَدِ أُمِّ راشِدٍ وقالَتْ: يا لَكِ مِنْ صَديقَةٍ عَزيزَةٍ يا أُمَّ راشِدٍ.

قالَ الجَدُّ: نَعَم الرّائِحَةُ رُبَّما تَكونُ أَحَدَ الأَسْبابِ التي يَعْرِفُ بها الجَمَلُ طَريقَهُ. لَقَدْ سَمِعْنا عَنْ أَحَدِ الجِمالِ الَّذي عادَ مِنَ الحِجازِ إلى عُمان ماشِيًا حَوالَيْ ٥٠٠ كيلومتر دونَ أَنْ يَدُلَّهُ أَحَدٌ عَلى الطَّريقِ، وأضافَ: إِنَّ الجَمالَ والجِمالَ مُتَقارِبانِ، وإنَّ إِبْداعَ الخالِقِ سُبْحانَهُ وتَعالَى في خَلْقِ الجِمالِ، وتَحَمُّلِها للعَطَشِ، وقُدْرَتِها عَلى السَّيْرِ دونَ ماءٍ لِأيّامٍ عَديدَةٍ لَهُوَ مِنْ أَعْظَمِ آياتِ اللهِ في الخَلْقِ.

قالَ جاسِمٌ لِابْنِهِ: الفَوْزُ بالمَراكِزِ الأولى يا سَيْفُ يَحْتاجُ لِجُهْدٍ وتَدْريبٍ، والوَقْتُ عامِلٌ مُهِمٌّ، فالخِبْرَةُ التي يَحْصُلُ عَلَيْها الجَمَلُ لا تَجيءُ إلّا بِالمُشارَكَةِ المُتَكَرِّرَةِ، وقَدْ حَصَلَ مِشْغِلٌ عَلى المَرْكَزِ الثّالِثِ، ولا نَنْسى أنَّ هَذا ثاني سِباقٍ لَهُ، ورُبَّما يَفوزُ بالمَرْكَزِ الأوَّلِ في السِّباقِ القادِمِ! قالَتْ موزة أُخْتُ سَيْفٍ الصَّغيرَةُ: نَعَم رُبَّما يُمْكِنُهُ أَنْ يَسْبِقَ ناصي.

الْتَفَتَ سَيْفٌ إلى صَديقِهِ راشِدٍ مُبْتَسِمًا وقالَ: لا أُريدُهُ أَنْ يَسْبِقَ ناصي... أُريدُهُ أَنْ يَكْتَسِبَ خِبْرَةً أوَّلاً! عادَ سَيْفٌ وراشِدٌ أصْدِقاءَ مَرَّةً أُخرى، وتَعَلَّمَ سَيْفٌ كَيْفَ

يُدَرِّبُ الجَمَلَ بِدونِ ضَغْطٍ أَوْ تَوَتُّرٍ أَوْ تَسَرُّعٍ!

وفي أَحَدِ الأيامِ أُصيبَ ناصي بِمَرَضٍ شَديدٍ، وقالَ الطَّبيبُ إِنَّهُ يَحْتاجُ إلى جِراحَةٍ عاجِلَةٍ لإزالَةِ وَرَمٍ في رَقَبَتِهِ. نَظَرَ راشِدٌ إلى الطَّبيبِ بِحُزْنٍ وقالَ: وهَلْ سَيَنْجو ويَعودُ سَليمًا؟ رَدَّ الطَّبيبُ: نَعَم، إِنَّهُ وَرَمٌ حَميدٌ؛ وسَيَتَعافى بِسُرْعَةٍ إِنْ شاءَ اللهُ.

اقْتَرَبَ مَوْعِدُ السِّباقِ وتَزامَنَ مَعَ مَوْعِدِ الجِراحَةِ لناصي.
قَالَ سَيْفٌ لأبيهِ: لا أُريدُ أَنْ أُشْرِكَ مِشْغَلاً في السِّباقِ، لا بُدَّ أَنْ نَكونَ كُلُّنا مَعَ راشِدٍ وأبيهِ أَثْناءَ الجِراحَةِ التي سَتُجْرى لناصي.
قَالَ الأبُ: ولَكِنَّنا سَجَّلْنا في السِّباقِ، ووُجودُنا مَعَهُ لَنْ يُغَيِّرَ مِنَ الأمْرِ شَيْئًا.
قَالَ سَيْفٌ: ناصي أَنْقَذَ حياتي، وأُريدُ أَنْ أكونَ مَعَ راشِدٍ لأُشُدَّ مِنْ أَزْرِهِ.
ابْتَسَمَ الأبُ وقالَ: دَعْها للهِ، هُوَ يُدَبِّرُ الأمْرَ ويَفْعَلُ ما يَشاءُ.
خَرَجَ ناصي مِنْ غُرْفَةِ العَمَلِياتِ وكانَ في انْتِظارِهِ الصَّديقانِ. لَمْ يَفْتَحْ ناصي عَيْنَيْهِ، ولَمْ يَتَحَرَّكْ، ولكِنَّ الطَّبيبَ طَمْأَنَهُما بِأَنَّ الجَمَلَ سَوْفَ يَأْخُذُ ساعَتَيْنِ قَبْلَ أَنْ يَفيقَ. وأَصَرَّ سَيْفٌ على البَقاءِ بِجوارِ ناصي.

اسْتَأْذَنَ راشِدٌ مِنْ صَديقِهِ وقالَ: سَأَذْهَبُ الآنَ،
لَدَيَّ شَيْءٌ مُهِمٌّ يَجِبُ أَنْ أَفْعَلَهُ.
تَعَجَّبَ سَيْفٌ مِنْ تَصَرُّفِ راشِدٍ، ولَكِنَّهُ لَمْ يُعَلِّقْ،
وجَلَسَ يَنْظُرُ في التِّلْفازِ يَنْتَظِرُ بَدْءَ السِّباقِ.

بَدأَ السِّباقُ وفَجْأَةً ظَهَرَ مِشْغِلٌ وهُوَ يَرْكُضُ في الـميدانِ!
تَعَجَّبَ سَيْفٌ: هَـذا مِشْغِلٌ! كَيْفَ لَمْ يُخْبِرْني أبي أنَّـهُ
سَيُشارِكُ!!؟
تَسَمَّرَتْ عَيْناهُ عَلى الجِهازِ الكَبيرِ المُعَلَّقِ عَلى جِدارِ الغُرْفَةِ
ولَمْ يَعُدْ يَشْعُرُ بِما حَوْلَهُ...
ارْتَفَعَ صَوْتُ الـمُذيعِ: مِشْغِلٌ يُشْعِلُ السِّباقَ..
مِشْغِلٌ يَسْبِقُ.. مِشْغِلٌ يَسْبِقُ!
صاحَ سَيْفٌ: هَذا الجَمَلُ لي!!
الْتَفَّ الأطِبّاءُ والمُمَرِّضونَ حَوْلَ سَيْفٍ يُطالِعونَ جِهازَ التِّلْفازِ
وهُمْ سُعَداءُ بِسَعادَتِهِ.

تَحَرَّكَتِ الكاميرا باتِّجاهِ الـمُشَجِّعينَ، فَشاهَدَ سَيْفٌ صَديقَهُ
راشِـدًا يُشَجِّعُ مِشْغِلاً ويُلَوِّحُ بِيَدَيْهِ.

صاحَ الـمُذيعُ: مِشْغِلٌ ما زالَ في الـمُقَدِّمَةِ!
إنَّهُ أصْغَرُ الـمُتَسابِقينَ، وهِيَ الـمُشارَكَةُ الثالِثَةُ لَهُ...

تَعَلَّقَتِ العُيونُ بِخَطِّ النِّهايَةِ، بَدَأ صَوْتُ المذيعِ يَرْتَفِعُ:
لَقَدِ اقْتَرَبَ مِنَ النّاموس... النّاموس... النّاموس!!
(الفَوْز... الفَوْز... الفَوْز!!)

ثُمَّ ارْتَفَعَ صَوْتُهُ أكْثَرَ وهُوَ يَقولُ: فازَ مِشْغِلٌ.. فازَ مِشْغِلٌ
سَليلُ جَبارٍ والطيّارَةِ!!

أخَذَ سَيْفٌ يَقْفِزُ، والجَميعُ مِنْ حَوْلِهِ فَرحينَ يُهَنِّئونَهُ
ويُصَفِّقونَ...
ومِنَ الداخِلِ جاءَ صَوْتٌ لَطيفٌ يُنَبِّهُهُ: هَيا يا سَيْفُ، لَقَدْ
أفاقَ ناصي.